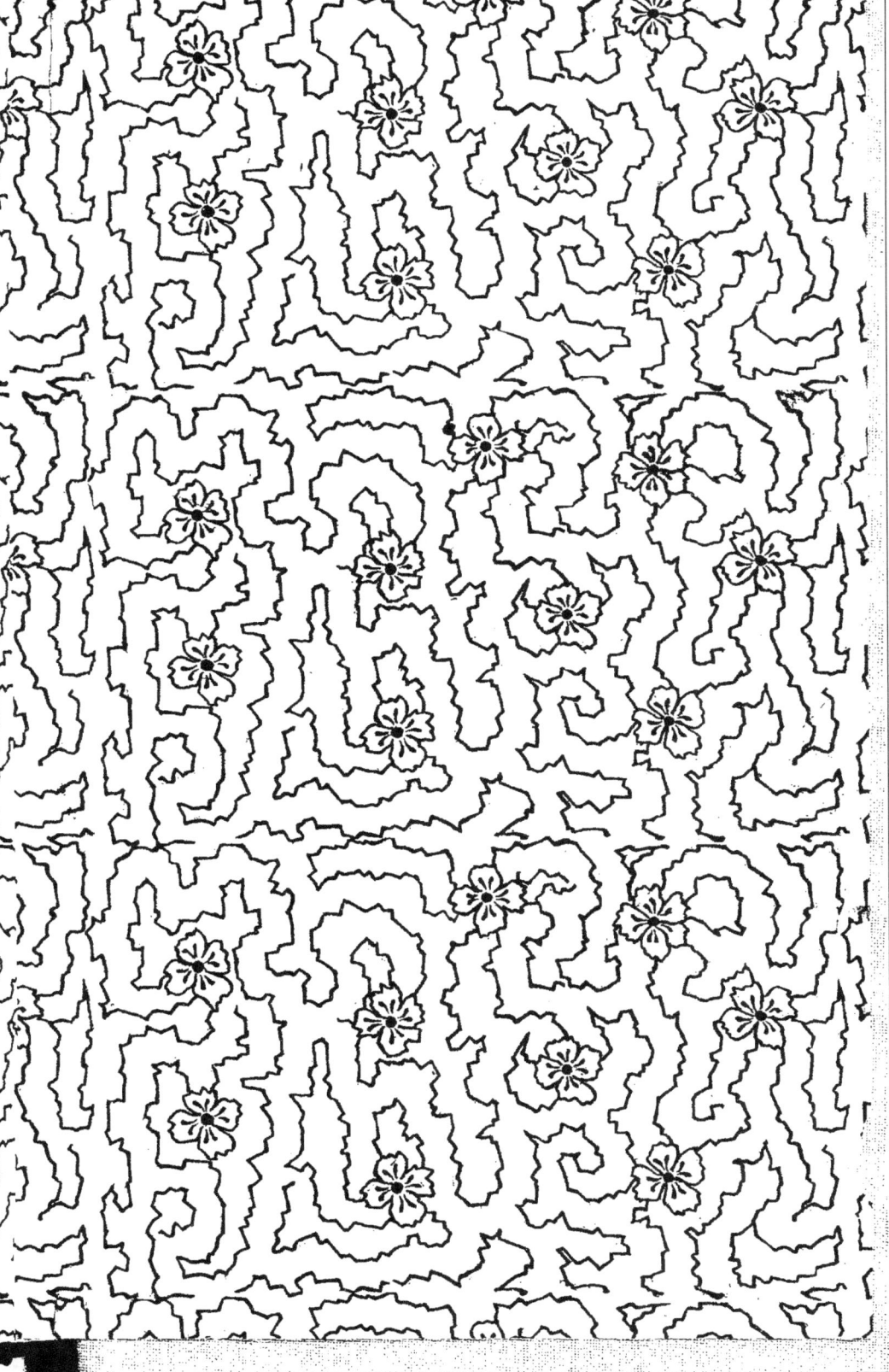

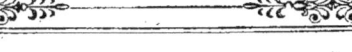

LE CHEVALIER

DE CANOLLE,

OPÉRA-COMIQUE EN TROIS ACTES.

PAROLES DE Mme SOPHIE GAY,

MUSIQUE DE M. DE FONTMICHEL;

REPRÉSENTÉ, POUR LA PREMIÈRE FOIS, SUR LE THÉATRE DE L'OPÉRA-COMIQUE, LE 6 AOUT 1836.

PARIS.

IMPRIMERIE DE Mme Ve DONDEY-DUPRÉ,

RUE SAINT-LOUIS, 46, AU MARAIS.

1836.

LE CHEVALIER

DE CANOLLE,

OPÉRA-COMIQUE EN TROIS ACTES.

PAROLES DE MME SOPHIE GAY,

MUSIQUE DE M. DE FONTMICHEL,

REPRÉSENTÉ, POUR LA PREMIÈRE FOIS, SUR LE THÉATRE DE L'OPÉRA-COMIQUE, LE 6 AOUT 1836.

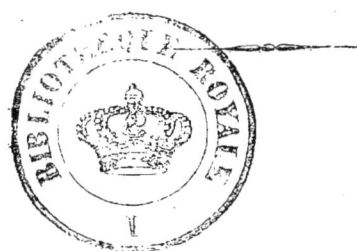

PARIS.

IMPRIMERIE DE Mme Ve DONDEY-DUPRÉ,

RUE SAINT-LOUIS, 46, AU MARAIS.

—

1836.

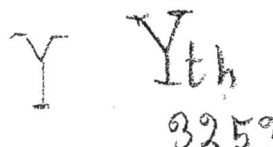

PERSONNAGES.

La Duchesse de LONGUEVILLE..... Mme Riffaut.

Le Duc de la ROCHEFOUCAULT.... M. Roy.

Le Chevalier de CANOLLE......... M. Chollet.

NATHALIE DE SAINTE-ALVERTE. Mme Casimir.

NÉRAC, *premier Jurat de la ville*..... M. Victor.

Le Marquis de SAINT-YBAL....... M. Jansenne.

Le Colonel de la BASTIDE........ M. Genot.

GRIGNAC, *Commis marchand de vin*... M. Fargueil.

MARIETTE, *fille du concierge*....... Mlle Olivier.

Un Valet d'annonce.

Officiers de l'armée et de la garde bourgeoise.

Dames, Gentilshommes, Serviteurs de la suite de la Duchesse de Longueville.

Soldats, Peuple.

(La scène se passe à Bordeaux, en 1649; les costumes sont ceux du temps de la minorité de Louis XIV.)

IMPRIMERIE DE Vᶜ DONDEY-DUPRÉ,
Rue Saint-Louis, N⟩ 46, au Marais.

LE CHEVALIER

DE CANOLLE,

OPÉRA-COMIQUE EN TROIS ACTES.

ACTE PREMIER.

Le théâtre représente une grande salle du château du gouvernement.

SCÈNE PREMIÈRE.

Le Colonel de la BASTIDE, Officiers de l'armée, Officiers de la garde bourgeoise.

(Les uns sont assis autour d'une table et boivent, d'autres jouent aux cartes).

CHŒUR D'OFFICIERS.

Vivent les bords de la Garonne,
Pays des plaisirs, du bon vin!
O doux Médoc, ô jus divin,
Qui vaut la gloire et qui la donne!
 Maintien de la paix,
 Le bon vin français
 Gouverne la terre.
 C'est au fond du verre
 Que sont les succès.
Avant qu'ici le canon gronde,
Buvons, chantons ce doux refrain :
A bas, à bas le Mazarin!
Vive Condé! vive la Fronde!

LE COLONEL.

Messieurs, arrêtez un moment,
Ah! respectez la discipline;
Attentifs au commandement,
D'abord chargez la carabine.
Ceci n'est point un jeu. (*Ils remplissent leurs verres.*)
Garde à vous... portez armes... feu! (*Ils boivent*).

TOUS.

Vivent les bords de la Garonne,
Pays des plaisirs, du bon vin !
O doux Médoc, ô jus divin,
Qui vaut la gloire et qui la donne.

SCÈNE II.

LES PRÉCÉDENS, MARIETTE, GRIGNAC.

MARIETTE.

Quel vacarme ! en vérité, messieurs, vos chants, vos cris,
font trembler les vitres de tout le château du gouverneur.
Chacun se plaint : l'un dit qu'il ne pourra jamais finir sa
chanson pour la fête de ce soir, les violons ne s'entendent
pas, on ne peut répéter le menuet. Enfin vous dérangez
tout le monde.

LE COLONEL, *à part.*

Il est vrai qu'on ne s'entend pas plus ici qu'au parlement. (*Haut.*) Quoi... c'est la gentille Mariette qui nous
gronde ainsi ?

MARIETTE.

Non, ce n'est pas moi, c'est mon père qui viendrait lui-
même, sans l'accès de goutte qui le retient.

LE COLONEL.

Pense-t-il qu'en sa qualité de concierge du château, il
doit empêcher la gaîté d'y entrer ?

GRIGNAC.

Le moment est bien choisi pour rire, quand on se bat
aux portes de la ville.

LE COLONEL.

Qu'est-ce que dit ce grand Gascon ?

GRIGNAC.

Ce grand Gascon... l'insolent ! (*A part.*) Ces gens de guerre
se croient tout permis (*Haut.*) Ce grand Gascon dit qu'il faut
tout le train que vous faites pour ne pas entendre le canon
de l'île Saint-Georges.

LE COLONEL.

Quoi !... le feu dure encore !.. mais c'est donc un enragé

que le commandant de cette place? on y a envoyé autant de troupes que pour faire le siége de Paris... elle devrait déjà être rendue.

MARIETTE.

Oui, si un autre la commandait, mais le chevalier de Canolle est trop brave pour ne pas la défendre long-temps.

GRIGNAC.

Il est brave! il est brave! eh! mamzelle, tout le monde est brave en France.

MARIETTE, *souriant*.

Ah! j'en connais qui ne sont pas comme tout le monde.

GRIGNAC.

Ne dirait-on pas que ce chevalier de Canolle est un phénix! A vous entendre, c'est pis qu'un Mars, un Apollon.... vanter ainsi un colonel de l'armée royale, un ennemi de la fronde, c'est trahir son parti, n'est-ce-pas, colonel?

MARIETTE.

Est-ce que je suis d'un parti.... moi? est-ce que je comprends rien à cette guerre-là? les uns disent : la cour ne fait que des sottises ; on crie à bas Mazarin! vive le parlement! au diable le chapeau rouge! c'est amusant; les autres disent: il n'y a pas de sottises qui tiénnent, il faut défendre son roi avant tout. Ce n'est pas l'embarras, il est gentil ce petit Louis XIV; mais pourquoi tuer tant de monde pour se faire aimer? Se battre contre ses parens, ses amis, cela a-t-il le sens commun?

LE COLONEL.

Tu as parbleu raison, mon enfant; mais tant que la cour et le parlement ne seront pas d'accord, il faudra bien se battre.

GRIGNAC.

Encore si le commerce n'y perdait rien; mais messieurs les frondeurs boivent beaucoup et paient fort peu, cela doit finir nécessairement par nuire à leur cause.

LE COLONEL.

Voilà bien le propos d'un bon commis; il ne pense qu'à placer son vin: eh bien! si tu en es embarrassé, l'ami, envoie-nous les barriques de ton patron; tu verras si mon régiment n'y fait pas honneur.

GRIGNAC.

Oui, ma foi, voilà une jolie manière de placer sa marchandise.

LE COLONEL.

Qui sait! si notre parti triomphe nous te ferons nommer grand échanson du roi.

GRIGNAC.

Tout de bon!

LE COLONEL.

Foi de frondeur.

GRIGNAC.

Dites donc, mamzelle, vous ne seriez pas fâchée d'être la grande échansonne... voilà une idée qui me décide; j'étais de mon parti, si vous voulez, m'en voilà tout-à-fait. Grâce au petit coup de vin que je leur donne par çi par là, j'ai du crédit sur tout les ouvriers de mon quartier, je vais leur monter la tête, les enrégimenter; ce sera un bon renfort pour nos troupes qui assiégent l'île Saint-Georges; quand nous serons dix contre un, il faudra bien qu'on se rende; dix contre un, voilà ma politique à moi.

(Il sort.)

SCÈNE III.

Les Précédens, LE COLONEL, MARIETTE.

MARIETTE.

Pourvu que ce pauvre chevalier de Canolle ne soit pas tué!

LE COLONEL, *bas à Mariette.*

Ma chère Mariette, le chevalier de Canolle me paraît t'intéresser vivement: si j'étais ton grand niais de prétendu, j'en serais ma foi jaloux.

MARIETTE, *en confidence.*

Et vous n'auriez pas tort.

LE COLONEL.

Vraiment? il est donc bien aimable?

MARIETTE.

Aimable! demandez aux dames de Bordeaux. Pendant

les trois mois qu'il a passés ici avant la révolte du parlement, il s'est fait aimer de tout le monde, excepté de
Grignac.

1er Couplet.

Léger, sensible tour-à-tour,
Il est très-difficile à peindre ;
Il faut l'adorer ou le craindre ;
Rien n'est si doux que son amour.
Sur tout les points il déraisonne ;
Enfin il a mille travers :
Il danse, il chante, il fait des vers,
Sa gaîté n'épargne personne.
Je ne sais pas comment il fait,
    Mais, malgré sa folie,
    Voit-il femme jolie,
    Aussitôt il lui plaît.

2me Couplet.

Souvent parjure à ses sermens,
Toujours fidèle à sa parole,
De ses soldats il est l'idole,
Et le plus tendre des amans ;
Pour lui se montre-t-on sévère,
Il brave et rigueurs et mépris ;
Vertu, dangers, tuteurs, maris,
Il rit de tout ce qu'on révère.
Je ne sais pas comment il fait,
    Mais, malgré sa folie,
    Voit-il femme jolie,
    Aussitôt il lui plaît.

LE COLONEL.

Vive Dieu ! c'est un dangereux rival... heureusement que
c'est dans le camp ennemi qu'il fait tous ses ravages.
(*Aux officiers.*) Allons, messieurs, voici bientôt le mot d'ordre, rendez vous près du commandant.

LE CHOEUR.

Vivent les bords de la Garonne,
Pays des plaisirs, du bon vin !
O doux Médoc, ô jus divin,
Qui vaut la gloire et qui la donne !

(*Ils sortent.*)

SCÈNE IV.

LE COLONEL, le Marquis de SAINT-YBAL.

LE COLONEL.

Que vois-je ! le marquis de Saint-Ybal !

SAINT-YBAL.

Eh ! c'est toi, mon cher Canillac ; j'arrive à l'instant même, je me suis fait descendre au palais de justice du gouvernement, mais je n'en reviens pas de la joie, des chants, des violons! ah ça! qu'est que vous faites donc ici ?

LE COLONEL.

La guerre civile.

SAINT-YBAL.

Gaîment, au moins.

LE COLONEL.

En originaux ; il ne nous manque absolument que toi.

SAINT-YBAL.

C'est pour cela que je suis venu ; mais je veux connaître mon monde avant de m'engager dans un parti : voyons, qui avons-nous ?

LE COLONEL.

La meilleure compagnie de France ; oh ! je te réponds que tu t'amuseras : nous avons la duchesse de Longueville pour la beauté et l'ambition; Mlle de Saint-Alverte pour la grâce enchanteresse ; le duc de Bouillon pour la politique, et le duc de la Rochefoucault pour l'esprit. Tu connais la duchesse de Longueville, la sœur du grand Condé; tu sais que, nonchalante par caractère, elle est active par dévouement; c'est elle qui est à la tête du parti ; elle profite des troubles de la Guienne pour lui faire épouser sa querelle et celle du duc de la Rochefoucault.

SAINT-YBAL.

Je comprends : l'amour est toujours le fond de notre politique, on est du parti de celui ou de celle qu'on aime ; moi, par exemple, je ne me range sous les drapeaux de la duchesse que pour revoir la belle Nathalie.

RONDEAU.

Sait-on ce qu'on fait en ce monde?
Sans motif, on admire, on fronde,
Le hasard seul fait la loi.
Chacun d'une ardeur sans seconde
Se bat pour la fronde,
Se bat pour le roi,
Et demande pourquoi.

Hélas! se croyant sage,
D'un trop doux esclavage
Veut-on fuir la longueur:
A la première vue
D'une aimable ingénue,
On lui livre son cœur:
On ne peut douter d'elle;
Elle a tant combattu......
Et l'amant, plein de zèle,
Au moment où sa belle
Lui devient infidèle,
Se bat pour sa vertu.
Sait-on jamais ce qu'on fait en ce monde?
etc., etc., etc., etc.

(On entend un roulement de tambour.)

SAINT-YBAL.

Qu'est-ce ceci?

LE COLONEL.

C'est le duc de la Rochefoucault qui vient de visiter les postes.

SCÈNE V.

LE DUC DE LA ROCHEFOUCAULT, LE MARQUIS DE SAINT-YBAL, LE COLONEL, OFFICIERS DE L'ARMÉE ET DE LA GARDE BOURGEOISE.

CHOEUR.

Salut! salut! honneur
A notre brave gouverneur!
Sa valeur nous seconde,
Son esprit met en train;
Répétons son refrain:
A bas, à bas Mazarin!
Vive Condé! vive la fronde!

LE DUC DE LA ROCHEFOUCAULT.

Messieurs, je suis content de vous, les postes ont été fidèlement gardés. Grâce à votre valeur et à votre prudence, je vous réponds que le maréchal de la Meilleraye en a pour long-temps, s'il tient sérieusement à entrer dans Bordeaux.

SCÈNE VI.

Le Duc de la ROCHEFOUCAULT, SAINT-YBAL.

LE DUC.

Comment, M. de Saint-Ybal ici? Voudrait-il être aussi des nôtres?

SAINT-YBAL.

On m'assure que le chevalier de Canolle est pour la cour, et, comme il n'est pas juste que les deux plus grands fous du royaume soient du même côté, je viens, monsieur le duc, me mettre à votre disposition.

LE DUC.

Bon! qui vit sans folie n'est pas si sage qu'on croit. Justement nous avons un régiment vacant, le colonel a été tué hier : c'est celui de Bourgogne; vous convient-il?

SAINT-YBAL.

Je me trouverai très-heureux de le commander.

LE DUC.

Vous arrivez de Paris?

SAINT-YBAL.

A l'instant même, monsieur le duc; j'ai vu en passant le quartier-général de la reine, j'y ai trouvé tout le monde fort ennuyé.

LE DUC, *souriant*.

Cela seul vous a déterminé en notre faveur, convenez-en.

SAINT-YBAL.

C'est possible, on y désire avec impatience la fin du siége de Bordeaux.

LE DUC.

Eh bien! s'ils sont si pressés, ils n'ont qu'à le lever, car nous ne comptons pas nous rendre de sitôt : c'est l'avis de la duchesse de Longueville et le mien. *(On entend des cors de chasse.)* Mais la voici qui revient de la chasse au faucon; c'est un plaisir que la noblesse bordelaise a voulu lui donner.

SAINT—YBAL.

On ne saurait mêler plus de galanterie à la guerre civile.

LE DUC.

Je vais vous présenter.

SAINT—YBAL.

Votre excellence voudra bien me permettre auparavant de donner quelques ordres.

LE DUC.

Soit; mais revenez bientôt.

SCÈNE VII.

La Duchesse de LONGUEVILLE, Mlle NATHALIE DE SAINTE-ALVERTE, le Duc de la ROCHEFOU-CAULT, suite de la Duchesse, Chasseurs.

CHOEUR DES CHASSEURS.

Chantons, chantons, la beauté qui nous guide,
Et que le son du cor
Nous réunisse encor ;
Du faucon rapide
Sur l'oiseau timide
Vantons les exploits ;
Innocente victoire
Qui ressemble à la gloire ;
La chasse est le plaisir des guerriers et des rois.
Chantons la beauté qui nous guide,
Et que le son du cor
Nous réunisse encor.

LA DUCHESSE, *s'asseyant.*

Je ne saurais aller plus loin, je suis horriblement fatiguée.

LE DUC.

Sans doute, vous avez fait une excellente chasse ?

LA DUCHESSE.

Oui, cela était charmant ; je me suis fort amusée, n'est-ce pas ma chère Nathalie ?

NATHALIE.

Du moins, votre altesse a-t-elle eu la bonté de nous le laisser croire....

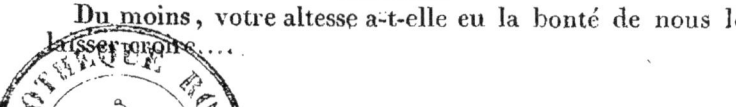

SCÈNE VIII.

LES PRÉCÉDENS, LE COLONEL.

LE COLONEL.

J'annonce une bonne nouvelle à madame la duchesse : l'île Saint-Georges est à nous ; le chevalier de Canolle vient enfin de se rendre ; il est notre prisonnier.

TOUS.

Le chevalier de Canolle prisonnier !

LE DUC.

C'est une victoire importante !

LA DUCHESSE.

Et qui vient fort à propos pour la fête de ce soir.

LE COLONEL.

Mais cette victoire nous a coûté bien du monde ; le chevalier s'est défendu comme un lion, et tout fait croire qu'il n'a cédé qu'à la crainte de prolonger un massacre de Français ; au fait, il tirait sur nous, sur ses meilleurs amis.

NATHALIE, *vivement.*

Il n'a pas été blessé ?

LE COLONEL.

Non, mademoiselle.

LE DUC.

Messieurs, ce succès est considérable ; il met de ce côté la ville à l'abri des entreprises du maréchal ; nous avons un ennemi de moins, et ces dames un danseur de plus, car le chevalier de Canolle aime presque autant à danser qu'à se battre.

NATHALIE, *à part.*

Je vais le revoir.

LA DUCHESSE.

Allez, mesdames, porter cette bonne nouvelle dans vos familles, et n'oubliez pas que je vous attends ce soir.

SCÈNE IX.

LE DUC DE LA ROCHEFOUCAULT, LA DUCHESSE.

LE DUC, *vivement.*

Eh bien ! que s'est-il passé pendant la chasse ?

LA DUCHESSE.

J'ai réussi dans ce que nous avions concerté : le marquis se déclare, et le banquier enchanté de passer pour un conspirateur, prête quatre-vingt mille écus.

LE DUC.

L'argent vient à propos, car je ne crois pas que votre altesse et toutes nos excellences réunies puissent faire soixante pistoles.

LA DUCHESSE.

Je ne vous pardonnerai jamais les agaceries que je fais à tous ces gens-là.

LE DUC.

C'est faire déroger la coquetterie, j'en conviens ; mais, croyez-moi, celle-là est bien placée ; il nous faut employer tous nos moyens ; nos affaires vont mal.

LA DUCHESSE.

Vous trouvez ?

LE DUC.

Bordeaux ne saurait tenir : ce beau feu de révolte que vous avez vu si animé se refroidit ; le parlement est divisé : tout en parlant de guerre civile, il désire la paix.

LA DUCHESSE.

Eh bien ! il faut traiter ; mais comment et par qui faire faire les premières propositions ?

LE DUC.

Oh ! d'abord indirectement ; j'y ai déjà songé, mais la cour ne veut entendre à rien avant une démarche positive de la part des princes ou de votre altesse.

LA DUCHESSE, *fièrement.*

Elle ne la ferait point ; la sœur du grand Condé s'humilier devant un Mazarin ! non, jamais !

LE DUC.

Eh bien ! il faut continuer la guerre, et remplacer les officiers que nous perdons par d'aussi bons, s'il est possible.

LA DUCHESSE.

Le chevalier de Canolle nous serait d'un grand secours.

LE DUC.

Sans doute; mais c'est un de ces entêtés d'honneur qui se font tuer plutôt que d'abandonner leur cause. Je ne connais au monde qu'une séduction à laquelle il pourrait succomber, et, vrai, je ne me sens pas assez brave pour vous la dire.

LA DUCHESSE, *minaudant.*

Quoi ! vous pensez qu'il serait capable...

LE DUC.

D'aimer votre altesse à la folie, comme on l'aime ; enfin, de lui tout sacrifier.... n'en suis-je pas un exemple ?

« Pour mériter son cœur, pour plaire à ses beaux yeux,
» J'ai fait la guerre aux rois, je l'aurais faite aux dieux. »

LA DUCHESSE.

Vous croyez que le chevalier servirait notre cause ?

LE DUC.

Pourquoi pas ? je la sers bien, moi qui ne la trouve pas meilleure que lui.

LA DUCHESSE.

Non, votre affection vous abuse, je n'aurai jamais tant de puissance.

LE DUC.

Essayez.

DUO.

LA DUCHESSE.

Vous le voulez, de la coquetterie
J'emprunterai le secours dangereux :
Charmer l'ennemi valeureux,
L'enchaîner, le rendre amoureux,
C'est s'immoler pour la patrie.

LE DUC.

Puisqu'il le faut, de la coquetterie
Empruntez donc le secours dangereux :
Charmez l'ennemi valeureux,
Mais ne le rendez qu'amoureux ;
C'est faire assez pour la patrie.

LA DUCHESSE.

On ne séduit jamais un cœur
Sans lui donner quelque espérance.

LE DUC.

Vous savez bien séduire un cœur
Sans lui donner nulle espérance.

LA DUCHESSE.

Je feindrai la langueur
Et la pitié pour sa souffrance.

LE DUC.

Vous feindrez la langueur
Et la pitié pour sa souffrance.

LA DUCHESSE.

D'abord j'aurai le regard séduisant,
Puis je serai vive, légère.

LE DUC.

Non, point de regard séduisant,
Il suffit d'être légère,
Et si le chevalier devenait trop pressant,
N'oubliez pas d'être sévère.

LA DUCHESSE.

Ah! cet avis excite ma colère ;
Du soin de rallier
Un brave chevalier
Puisque l'injure est le salaire,
C'en est fait pour toujours ! je renonce à lui plaire.

LE DUC.

Ah! pardonnez, plus de colère ;
Du soin de me rallier
Un brave chevalier
Mon amour sera le salaire.
Hélas ! puisqu'il le faut, persistez à lui plaire.

LA DUCHESSE, *souriant.*

Je devrais vous haïr.

LE DUC.

Parce qu'on vous adore ;
Mais, non, plaisez encore,

LA DUCHESSE.

Il faut vous obéir.

LA DUCHESSE.

Vous le voulez, de la coquetterie
J'emprunterai, etc., etc.

LE DUC.

Puisqu'il le faut, de la coquetterie
Empruntez, etc., etc.

SCÈNE X.

LES PRÉCÉDENS, UN VALET D'ANNONCE.

LE VALET.

M. de Nérac, premier jurat de la ville, demande à en-
tretenir monseigneur.

LE DUC, *à la duchesse.*

Vous permettez? (*Au valet.*) Qu'il entre.

(Le valet sort.)

LA DUCHESSE.

Soupçonnez-vous ce qu'il peut vouloir?

LE DUC.

Il court des bruits sur lui : on dit qu'il n'affecte tant de
zèle pour la révolte que pour mieux cacher des projets de...

LA DUCHESSE.

C'est impossible! Nathalie, sa nièce, m'en parle toujours
comme du plus loyal des hommes.

LE DUC.

Ah! messieurs les négocians, quand les affaires vont
mal.... mais, le voici.

SCÈNE XI.

LES PRÉCÉDENS, M. DE NÉRAC.

LE DUC.

Vous avez demandé à me voir, monsieur de Nérac, madame la duchesse vous permet de vous expliquer devant
elle. De quoi voulez-vous me parler?

NÉRAC.

Vous devez le savoir, monseigneur.

LE DUC.

De quoi s'agit-il?

NÉRAC.

De la paix, pour laquelle vous trai,ez.

LE DUC.

Moi, je traite!... c'est une calomnie; qui vous l'a dit?

NÉRAC.

Le cardinal lui-même me le fait savoir.

LA DUCHESSE, *avec mépris.*

Seriez-vous son agent?

NÉRAC, *avec dignité.*

Je ne le suis de personne, madame, je n'agis que dans l'intérêt de mes concitoyens. Nous avons besoin de savoir que M. le duc ne se sépare point de notre cause et ne cherche pas à traiter particulièrement, au moment où il demande de nouveaux sacrifices à la ville.

LE DUC.

Croyez-le, monsieur, nous ne traiterons jamais avec la cour qu'aux conditions les plus avantageuses, les plus honorables pour la ville de Bordeaux; mais nous n'en sommes point réduits à cette extrémité, la prise de l'île Saint-Georges...

NÉRAC.

Vient d'être cruellement payée par la perte du fort de Veire; le colonel Raymond a été forcé de se rendre.

LA DUCHESSE, *vivement.*

Le colonel est pris?

NÉRAC.

Hélas! oui, madame, et, sans égard pour les lois de la guerre, on assure que le maréchal de la Meilleraye le menace d'un sort affreux.

LE DUC.

Il en serait capable, il est si courtisan!

LA DUCHESSE.

Il ferait tuer le colonel!.... oh! s'il l'osait, l'indignation serait générale.

NÉRAC.

Oui, mais la vengeance serait cruelle; le chevalier de Canolle est en notre pouvoir... et le droit de représaille!...

2

LA DUCHESSE, *avec effroi.*

Que dites-vous?

LE DUC.

Nous n'en sommes pas là, grâce au ciel; et le maréchal sait trop bien ce que vaut le chevalier de Canolle pour nous réduire à cette extrémité. Comptez sur moi, monsieur, rassurez le parlement, la ville, et croyez que leurs intérêts seront toujours les miens.

(On entend des fanfares.)

SCÈNE XII.

LES PRÉCÉDENS, NATHALIE.

NATHALIE.

Madame, ce sont les officiers de l'armée et les bourgeois de la ville qui conduisent ici M. de Canolle; il a déclaré ne vouloir déposer son épée qu'à vos pieds.

SCÈNE XIII.

LE DUC DE LA ROCHEFOUCAULT, LA DUCHESSE DE LONGUEVILLE, NATHALIE, LE CHEVALIER DE CANOLLE, NÉRAC, SAINT-YBAL, LE COLONEL, MARIETTE, GRIGNAC, OFFICIERS DE L'ARMÉE, BOURGEOIS DE LA VILLE.

CHOEUR FINAL.

Victoire! victoire!
Il s'est rendu le brave chevalier;
Ah! jamais l'amour et la gloire
N'ont fait un plus beau prisonnier.

LE CHEVALIER, *en présentant son épée à la Duchesse.*

Me voilà prisonnier soumis;
Madame, en votre puissance
Je pouvais, j'en conviens, prolonger ma défense;
Mais il fallait encore massacrer mes amis,
Et pour de tels exploits je manque de vaillance.

LA DUCHESSE.

Malgré tous les maux quelle a faits,
Reprenez-la cette terrible épée;
Puissions-nous désormais
Du noble sang français
Ne plus la voir trempée.

TOUS.

Puissions-nous désormais
Du noble sang français
Ne plus la voir trempée !

LE CHEVALIER, *à part.*

O ciel! Nathalie en ces lieux.

LE DUC.

Tant de valeur méritait mieux ;
Mais, pour laisser libre en ces lieux
Le colonel, chevalier de Canolle,
Il nous suffit de sa parole.

LE CHEVALIER, *montrant les Dames.*

Tant de charmes, tant de bonté,
Vous sont garans de ma fidélité.

LA DUCHESSE *et* NATHALIE.

Il est aimable en vérité.

LE CHEVALIER.

Ah! que mon cœur est agité.

NATHALIE *à la Duchesse.*

On le dit très-frivole.

LA DUCHESSE.

Tant mieux ;
Les esprits sérieux
Sont toujours ennuyeux.

LE CHEVALIER.

O doux revers! heureuse destinée!
Affranchi d'un cruel devoir,
De mes tyrans je chéris le pouvoir ;
Par mille attraits ma gloire est enchaînée.
O doux revers! heureuse destinée !

LE CHOEUR.

Ah! ah! ah! le plaisant désespoir !

TOUS.

Ah! quel plaisir de { te / le / vous } revoir !

LE CHEVALIER, *montrant le Colonel.*

A cette affaire meurtrière
C'est lui qui commandait le feu ;
J'ai bien reconnu sa manière.

LE COLONEL.

Ma foi, j'ai joué tout mon jeu.

NATHALIE , *en montrant à la* Duchesse *le taffetas noir qui entoure le bras du Chevalier.*

Mais voyez donc, il est blessé, madame.

LE CHEVALIER.

Vraiment je l'avais oublié.

(à part.)

Ah ! que cette aimable pitié
Jette de trouble dans mon ame !....

LA DUCHESSE.

A nos projets , à son bonheur ,
Vainement le devoir s'oppose ;
Celui qui peut adorer son vainqueur
Est déjà parjure à sa cause.

NATHALIE.

A mes désirs, à mon bonheur ,
Le devoir rigoureux s'oppose ;
Puis-je à l'amour livrer mon faible cœur
Sans être parjure à ma cause.

LE CHEVALIER.

A mon amour, à mon bonheur ,
Vainement le devoir s'oppose ;
On peut sans crime adorer son vainqueur
Et rester fidèle à sa cause

LE DUC *et* TOUS.

A nos projets, à son bonheur ,
Vainement le devoir s'oppose ;
Celui qui chérit son vainqueur
Se battra bientôt pour sa cause,

LA DUCHESSE, *au chevalier.*

Au bal que je donne ce soir
Vous permettez qu'on vous invite;
C'est m'assurer le plaisir de vous voir.

LE CHEVALIER.

Un bal ici ! ce soir.....

LE DUC.

Sans doute on a peu de mérite
A s'amuser quand chacun est content;
C'est dans l'instant
Où le danger menace
Qu'à danser on a bonne grâce.

LE CHEVALIER.

Oui , vous avez raison ;
C'est surtout en prison
Qu'il faut chanter et rire.

TOUS.

En vain le sort sévère
Veut tromper nos désirs,
Aux malheurs de la guerre
Opposons les plaisirs.
Du destin qui conspire
On se venge en aimant ;
La vie est un martyre
Qu'il faut subir gaîment

FIN DU DEUXIÈME ACTE.

ACTE II.

Le théâtre représente un riche salon.

SCÈNE PREMIÈRE.

NATHALIE, *seule.*

RÉCITATIF.

C'est trop souffrir d'une longue contrainte ;
Respirons un moment... En ces lieux sans danger
Je puis céder au mal dont mon ame est atteinte.
Je n'ose hélas ! m'interroger
Sur l'objet de ma crainte.

AIR.

Des premiers feux du jour
Quand le ciel se colore,
Mon cœur soupire encore ;
Des ennuis que j'ignore
M'oppressent tour à tour.
Innocente folie,
Douce mélancolie,
Dont mon âme est remplie,
Seriez vous de l'amour ?

Paraît-il?... à sa vue,
Hélas ! je suis émue
De crainte et de douleur ;
Son regard séducteur
M'interdit et m'enivre ;
A son accueil flatteur
Malgré moi je me livre ;
Mais c'est en vain qu'il prétend me charmer,
Je veux le fuir, écarter son image.
Amour, amour, toi qui le rends volage,
Ah ! sauve-moi du malheur de l'aimer !
Attrait redoutable,
Faiblesse coupable,
Cédez, cédez à ma fierté ;
L'esclave rebelle
Combat avec zèle
Pour recouvrer sa liberté.

Oui, qu'il ignore les sentimens qui m'entraînent vers
lui... Hélas! sa légèreté m'en punirait trop vite. Mais comment lui cacher mon trouble? On vient... c'est lui!...
fuyons sa présence.

(Elle sort par la porte de côté; le marquis de Saint-Ybal entrant par
celle du milieu.)

SCÈNE II.

Le Chevalier de CANOLLE, SAINT-YBAL.

LE CHEVALIER.

Parbleu, nous rirons! aussi bien, j'en ai besoin... Voilà
comme j'aime à faire la guerre... loyalement et sans ran-
cune. Vos Gascons me plaisent beaucoup... ces danses sur
les places... dans les rues...

SAINT-YBAL.

Eh! mon cher Canolle, c'est la prise du fort que vous
commandiez qui les met ainsi en train.

LE CHEVALIER.

En vérité! c'est donc pour cela qu'ils ont été confondus
quand je me suis mis à danser avec eux.

SAINT-YBAL.

Ils ont raison de se réjouir; car, à la manière dont vous
y allez, si vous aviez tenu deux jours de plus, c'en était
fait de nous.

LE CHEVALIER.

Voilà pourtant les gentillesses de la guerre civile! mais
parlons d'autre chose, car on finirait par devenir sérieux
malgré soi.

SAINT-YBAL.

Eh bien! pour changer de conversation, comment vont
les folies?

LE CHEVALIER.

Vous appelez cela changer de conversation; quant à
moi, mon cher, je suis toujours le même, gai et malheureux!

SAINT-YBAL.

Vous, malheureux? Ah! celui-là est trop fort!

LE CHEVALIER.

Malheureux à l'excès... mais je m'étourdis... je ris et j'enrage... voilà ma vie !...

SAINT-YBAL.

C'est à peu près celle de tout le monde ; mais qu'est-ce qui vous a déterminé à venir faire la guerre ici ?

LE CHEVALIER.

Le hasard et l'amour, deux aveugles; vous voyez que je suis un homme bien conduit.

SAINT-YBAL.

Et c'est à Bordeaux que vous adorez?

LE CHEVALIER.

Oui ; mais c'est à Paris que le mal m'a pris; car je puis bien parler de cet amour-là comme d'une maladie , il me fait assez souffrir !

SAINT-YBAL.

L'héroïne est cruelle ?

LE CHEVALIER.

Encore si je lui plaisais... C'est à la cour que je l'ai vue pour la première fois ; mais je l'ai revue chez sa tante... puis au spectacle... à la promenade... car je me rendais partout où j'avais l'espoir de la rencontrer. Ces assiduités n'avaient pas l'air de lui déplaire; mais dès que je hasardais un regard un peu tendre, elle détournait aussitôt les yeux, et ne les reportait plus sur moi de tout le reste de la soirée.

SAINT-YBAL.

C'est fort bon signe vraiment. On ne fuit que le regard qu'on redoute.

LE CHEVALIER.

Aussi, cela ne m'aurait pas découragé.

SAINT-YBAL.

Quoi ! vous, dont nos plus jolies femmes se disputent le cœur, vous allez choisir une insensible ?

LE CHEVALIER.

Cela n'a pas le sens commun, je le sais, tout nous sé-

pare ; elle est sage... mélancolique... je suis fou... et d'une
gaîté qui braverait la mort !... Elle et toute sa famille sont
engagées dans le parti de la fronde ; moi, je le suis dans
celui de la cour. Ce qu'il y a de pis encore, c'est qu'elle
est une riche héritière, et moi un pauvre chevalier !

SAINT-YBAL.

Vous, pauvre! je croyais que votre oncle vous avait
laissé une assez belle fortune.

LE CHEVALIER.

Cela est vrai.

SAINT-YBAL.

Eh bien ! qu'en avez-vous fait ?

LE CHEVALIER.

Ce qu'on fait d'une fortune... je l'ai mangée.

SAINT-YBAL.

Bon ! vous en trouverez une autre ; cet obstacle-là n'est
pas invincible.

LE CHEVALIER.

C'est le plus grand pour moi... lui laisser supposer qu'un
vil calcul... Non ; cette idée seule m'empêchera de lui parler de mon amour.

SAINT-YBAL.

Et vous comptez sur moi peut-être pour lui faire votre
déclaration.

LE CHEVALIER.

Fi donc ! ce ne serait pas plus délicat ; je n'ai nulle
chance, vous dis-je, à moins qu'elle-même ne vienne me
dire : « Monsieur, je vous adore, épousez-moi ; » et vous
conviendrez que cela n'est pas très-probable.

SAINT-YBAL , *réfléchissant.*

Une riche héritière à Bordeaux !.... serait-ce par hasard
la nièce du premier jurat, Mlle de Saint-Alverte ?

LE CHEVALIER.

Précisément.

SAINT-YBAL.

Ah ! la confidence est mal placée.

LE CHEVALIER.

Vous l'aimez aussi, n'est-ce pas?... J'aurais dû le deviner.

SAINT-YBAL.

Eh bien ! nous ferons cette guerre-là aussi loyalement que l'autre.

LE CHEVALIER.

Non ! vous avez trop d'avantages sur moi.

SAINT-YBAL.

Aucun ! la princesse seulement protége mon amour.

LE CHEVALIER.

Voilà la différence ! moi je n'ai pour servir le mien que la fille du concierge, encore ne suis-je pas bien sûr qu'un ancien sentiment.... mais elle m'a promis de se rendre ici tout-à-l'heure pour m'apprendre un secret... je crois l'entendre.

SAINT-YBAL.

Je vous laisse ; mais, avant de nous quitter, convenons que le premier qui se fera aimer de Nathalie, sera secondé par l'autre.

LE CHEVALIER.

C'est m'engager à vous servir, n'importe. J'accepte la proposition. A vous l'amour, à moi l'amitié. J'aurai toujours le second des plaisirs.

SCÈNE III.

LE CHEVALIER, MARIETTE.

MARIETTE, *voulant se retirer.*

Je vous dérange?... je reviendrai dans un autre moment.

LE CHEVALIER , *la retenant.*

Non vraiment ! je suis trop impatient de causer avec toi.

MARIETTE.

Et moi donc ! j'ai tant de choses à vous dire !..., j'ai eu tant de chagrins depuis votre départ !

LE CHEVALIER.

C'est fort bien à toi, mon enfant; mais je te croyais placée près de Mlle de Sainte-Alverte, et dans une condition fort heureuse.

MARIETTE.

C'est vrai, depuis que Mlle Nathalie est venue loger ici avec la princesse, c'est moi qui la sers, et je n'ai garde de m'en plaindre; car c'est bien la personne la plus douce.... la meilleure... ce qui n'empêche pas que je ne sois fort malheureuse!

LE CHEVALIER.

Pauvre petite!... puisque tu la vois tous les jours, tu dois savoir un peu ce qu'elle pense?... Crois-tu que Saint-Ybal lui plaise?

MARIETTE.

Cela se pourrait bien; il en est, dit-on, fort amoureux; mais, à vous parler vrai, je n'y ai pas pris garde.

LE CHEVALIER.

Tu as eu tort, ma chère.

MARIETTE.

Ah! j'avais bien d'autres choses à penser, vraiment!... est-ce qu'on ne se battait pas contre vous à l'île Saint-Georges?... est-ce que je n'entendais pas dire sans cesse à tous nos frondeurs que vous leur aviez tué tant de monde, qu'il fallait faire marcher toute l'armée contre vous pour vous tuer aussi?

LE CHEVALIER.

Et que disait Nathalie en entendant cela?

MARIETTE.

Rien! elle me regardait tristement d'un air de pitié, car je suis bien sûre qu'elle se doute de l'intérêt que je vous porte.

LE CHEVALIER, *avec humeur.*

C'est fort inutile, ma chère, ces choses-là ne doivent point se confier.

MARIETTE.

Sans doute; mais pouvais-je retenir mes larmes en entendant ces coups de canon tirés sur vous? d'ailleurs, j'avais encore un autre chagrin, c'est là le grand secret que j'avais à vous dire.

LE CHEVALIER.

Un secret! parle vite.

MARIETTE.

D'abord, on sait que Mlle Nathalie a beaucoup de confiance en moi.

LE CHEVALIER.

Vraiment?

MARIETTE.

On la connaît pour être bonne et surtout généreuse.

LE CHEVALIER, *avec feu.*

Adorable! dis donc.

MARIETTE, *avec mystère.*

Eh bien! il s'agit d'un mariage.

LE CHEVALIER, *vivement.*

Ah! mon Dieu! tu me fais frémir.

MARIETTE.

Et voilà ce que je redoutais!... j'avais trop prévu le désespoir que vous causerait cette nouvelle.

LE CHEVALIER.

Explique-toi; un mariage, dis-tu?

MARIETTE.

Hélas! oui; un de ces mariages que les parens ne vous permettent pas de refuser, parce que le futur a de l'argent, un état, du crédit, et qu'il peut faire de riches présens à sa femme.

LE CHEVALIER.

Et tu crois que la vanité peut faire consentir une personne dont le cœur est si noble à un tel mariage?

MARIETTE.

Que voulez-vous, monsieur? quand les parens ne veulent pas entendre raison, il n'y a pas d'inclination qui tienne, il faut bien se soumettre.

LE CHEVALIER.

Ah! l'on peut tenter plus d'un moyen avant d'en venir à cette extrémité.

MARIETTE.

Lesquels?... je les seconderai de mon mieux, je vous jure.

LE CHEVALIER.

Mais on peut faire savoir au futur qu'il déplaît ; si c'est un homme délicat, il n'en demandera pas davantage.

MARIETTE.

Je le connais, il ne se contentera pas de cela ; d'ailleurs il est protégé par la princesse.

LE CHEVALIER.

Eh bien! on peut l'insulter, et, si c'est un homme d'honneur, on a la chance...

MARIETTE.

Y pensez-vous? eh! que dirait mon père si vous alliez insulter son cher Grignac?

LE CHEVALIER.

Grignac? qui est cela?

MARIETTE.

Eh bien! c'est ce riche commis-marchand que mon père veut que j'épouse.

LE CHEVALIER, *avec joie.*

Quoi! ce mariage, c'est le tien?

MARIETTE.

Hélas! oui, il l'exige absolument.

LE CHEVALIER.

Mais c'est une fort bonne idée qu'il a là, ton père!

MARIETTE, *indignée.*

Quoi?... vous l'approuvez?...

LE CHEVALIER, *embarrassé.*

Non vraiment! mais... ton intérêt, la protection que t'accorde Nathalie, tout cela mérite considération. Tu disais donc qu'elle a confiance en toi?

MARIETTE.

Me donner à ce Grignac, un frondeur enragé!

LE CHEVALIER.

La vois-tu parfois rêveuse ?

MARIETTE.

Me marier à un chef d'émeute !

LE CHEVALIER.

Lui soupçonnes-tu quelque sentiment secret ?

MARIETTE.

Encore si je n'avais pas promis à mon père d'obéir ; mais dans votre absence tout m'était égal.

LE CHEVALIER, *avec impatience.*

Il faut absolument que tu saches d'elle, ou que tu devines de qui son cœur est occupé.

MARIETTE.

Ah ! je perds patience. Quoi ! lorsque je vous raconte mes chagrins, vous me parlez toujours d'une autre !

LE CHEVALIER.

Pardon, ma chère Mariette, tu sais bien que je t'aime tendrement. *(Il lui prend la main.)* Mais c'est que je voudrais savoir simplement si Nathalie te parle quelquefois de moi.

MARIETTE, *à part.*

Le perfide ! *(Haut.)* Ah ! ah ! cela vous intéresse ?

LE CHEVALIER, *d'un air indifférent.*

Fort peu, vraiment ; mais, par suite d'une aventure de bal, l'hiver dernier, elle a tourné la tête d'un de mes amis, et je ne serais pas fâché de savoir...

MARIETTE.

Ce qu'elle pense de vous, n'est-ce pas ?

LE CHEVALIER.

Précisément.

MARIETTE, *avec dépit.*

Ah ! je ne demande pas mieux que de vous l'apprendre.

LE CHEVALIER.

Charmante Mariette !

MARIETTE, *à part.*

Le traître ! vengeons-nous.

LE CHEVALIER.

Comment me trouve-t-elle ?

MARIETTE.

Assez bien ! mais elle vous croit trompeur.

LE CHEVALIER.

Tant mieux.

MARIETTE.

Avantageux.

LE CHEVALIER.

Très-bien.

MARIETTE.

Léger, moqueur, dangereux.

LE CHEVALIER.

A merveille !

MARIETTE.

Elle déteste votre gaîté, et elle me disait encore tout-à-l'heure qu'elle irait au bout du monde pour fuir votre présence.

LE CHEVALIER.

Elle me déteste !... ah ! tu m'enchantes ; il faut que je t'embrasse pour cette bonne nouvelle.

MARIETTE.

Mais finissez donc ! il devient fou. *(A part.)* Et moi qui croyais le désespérer.

GRIGNAC, *à voix haute, derrière le théâtre.*

Mamzelle Mariette !... mamzelle Mariette !...

MARIETTE.

Ah ! mon Dieu ! c'est la voix de Grignac.

LE CHEVALIER.

On vient, promets-moi de me revoir bientôt.

MARIETTE.

Ce soir, à la fête.

SCÈNE IV.

Les Précédens, GRIGNAC.

GRIGNAC ; *à part.*

Seule avec le beau prisonnier ! ah ! la traîtresse. *(Haut.)*
Votre père vous appelle depuis une heure, mademoiselle ;
et certes, il ne se doute pas que vous soyez ici en si belle
compagnie.

MARIETTE.

Vous y venez bien, vous ?

GRIGNAC.

Oh ! moi, c'est différent, je suis amené ici pour affaires
politiques.

MARIETTE, *le contrefaisant.*

Pour affaires politiques ? fait-il l'important !

LE CHEVALIER, *bas à Mariette.*

C'est le futur, je gage, je le reconnais à sa bonne humeur.

MARIETTE, *au chevalier.*

Hélas ! oui. On veut lui acheter des vins à crédit pour
les troupes, voilà, j'en suis sûre, tout ce qui l'amène ici.

GRIGNAC.

Eh non ! ce n'est pas tout.

LE CHEVALIER.

C'est déjà quelque chose ; car, vous autres marchands
de vins, vous avez bouleversé plus d'un état.

GRIGNAC.

Je le crois bien, vraiment. Quand il s'agit de soulever
tout un corps d'ouvriers, les bonnes bouteilles y font plus
que les belles phrases.

LE CHEVALIER.

Ah ! c'est vous qui êtes chargé ici des émeutes ?

GRIGNAC.

Pour vous servir, monsieur le chevalier ; quand les frondeurs s'endorment, c'est moi qui les réveille ; une fois ma troupe en train, gare aux plumets blancs !

LE CHEVALIER.

Diable ! monsieur Grignac, vous êtes un terrible homme ; et laissez-vous quelquefois votre armée de fantaisie pour vous expliquer seul à seul avec ceux qu'il vous plaît de menacer ?

GRIGNAC.

Moi, monsieur, je reste cloué à mon poste ; quand je dis à mes soldats en veste : Je marche à votre tête, que demandez-vous ? des armes?... de l'argent?... vous aurez tout ce que vous voudrez, et je ne les quitte pas qu'ils n'aient eu ce qu'ils voulaient.

LE CHEVALIER.

Puisque vous êtes ici, ils ne veulent rien en ce moment?

GRIGNAC.

Si fait, si fait, et c'est justement pour cela que je viens ici conférer avec la princesse ; mais ce n'est pas à un ennemi qu'il me convient d'apprendre ce qui se passe. Tout ce que je puis lui dire, en frondeur généreux, c'est qu'il fera bien d'être prudent, de n'en pas conter à nos femmes, parce que, nous autres Gascons, nous avons la tête vive. Allons, mademoiselle, venez que je vous conduise à votre père, je me rendrai ensuite aux ordres de la princesse.

LE CHEVALIER, *à Mariette.*

A ce soir, Mariette.

MARIETTE.

Comptez sur moi.

GRIGNAC.

Quelle insolence !... mais venez donc... oh ! je me vengerai.

SCÈNE V.

LE CHEVALIER DE CANOLLE, *seul.*

RÉCITATIF.

Nathalie, est-il vrai? je possède sa haine !
C'est déjà quelque chose ; oui, mais j'espère mieux;
Elle craint ma présence, et veut fuir de ces lieux ;
Eh ! bien il faut ici que mon amour l'enchaîne.

AIR:

Soutien des malheureux,
O divine espérance,
Viens rendre l'assurance
A mes timides vœux ;
D'une âme délirante,
D'une voix séduisante,
Donne-moi les accens.
Au cœur de celle que j'adore
Porte le feu qui me dévore ;
Jette le trouble dans ses sens.
Elle me dit volage,
Perfide tour à tour :
N'est-ce pas le langage
Du véritable amour ?
Ah ! quel espoir m'enivre !
Près d'elle je vais vivre ;
Dans son regard divin
Je lirai mon destin :
S'il me peint la colère,
Le dépit, la rigueur,
Ah ! j'aurai su lui plaire ;
Et l'amour même enviera mon bonheur.

SCÈNE VI.

LA DUCHESSE DE LONGUEVILLE, NATHALIE,
LE CHEVALIER DE CANOLLE.

LA DUCHESSE, *bas à Nathalie.*

Le voici. Quittez cet air boudeur, ma chère, et songez qu'il faut l'entraîner dans notre parti.

NATHALIE, *tristement.*

Cet honneur appartient à votre altesse seule.

LA DUCHESSE.

Eh bien ! monsieur le chevalier, comment vous trouvez-vous de cette prison ? j'espère qu'on ne vous la rend pas trop désagréable.

LE CHEVALIER.

J'en rends grâce à votre altesse. Vraiment, un tel esclavage dégoûterait de la liberté.

LA DUCHESSE.

Et pourtant, on dit que vous savez bien user de la vôtre, s'il faut en croire vos envieux.

LE CHEVALIER.

Mes flatteurs, veut dire votre altesse. Ces gens-là nous jugent toujours sur l'apparence, et parce qu'ils nous voient livrés à la gaîté, aux plaisirs, ils pensent que nous ne pouvons rien aimer sérieusement : c'est pourtant une folie dont nous sommes fort capables.

NATHALIE.

Vraiment?

LE CHEVALIER.

Oh! je le jure.

LA DUCHESSE.

Voilà bien les prétentions des gens frivoles ; mais ce qui m'étonne, c'est qu'avec votre esprit, votre goût pour les plaisirs, vous vous soyez attaché au parti le plus ennuyeux.

LE CHEVALIER.

C'était celui de la reine, et, quand on doit se battre sans raison, encore vaut-il mieux que ce soit pour le caprice d'une femme. Je n'avais pas prévu que messieurs du parlement trouveraient des protections si nobles et si charmantes. Ah! le ciel sait que, si j'avais deviné quelle puissance il me fallait combattre, je me serais rendu bien plus tôt.

LA DUCHESSE.

J'en étais certaine, du moment où l'on vous ferait réfléchir sur les prétentions ridicules de la cour et le bon droit du parlement, vous ne pourriez rester d'un parti que tous les gens de goût désertent.

LE CHEVALIER.

Les gens de goût, c'est possible, mais les gens de cœur restent fidèles à leur serment.

LA DUCHESSE.

Ah! vous vous rendriez peut-être si votre cœur était de notre parti; mais les filles d'honneur de la reine sont fort jolies et même un peu coquettes.

LE CHEVALIER.

Foi de chevalier, je ne suis l'esclave d'aucune d'elles.

LA DUCHESSE, *gaîment.*

Pourtant cet hiver vous aviez la réputation du plus mauvais sujet de la cour.

LE CHEVALIER.

Et je tenais à la mériter ; mais depuis ce temps je suis bien changé.

LA DUCHESSE.

Quoi !... seriez-vous devenu raisonnable ?...

LE CHEVALIER.

Pas précisément ; mais j'ai changé de folie.

LA DUCHESSE.

Ah ! cela veut dire que vous êtes amoureux.

LE CHEVALIER.

A en perdre la tête !... (*A part, en regardant Nathalie.*) Si je pouvais exciter sa jalousie !...

LA DUCHESSE.

Et peut-on savoir quel objet charmant est l'auteur d'une si belle conversion ?

TRIO.

LE CHEVALIER.

Celle qui règne sur mon ame,
On ne peut la voir sans l'aimer :
Elle est belle, elle est noble dame ;
Mais je n'oserais la nommer.

LA DUCHESSE *et* NATHALIE.

Celle qui règne sur votre ame,
On ne peut la voir sans l'aimer :
Elle est belle, elle est noble dame,
Et vous n'osez pas la nommer.

LA DUCHESSE, *ensuite* NATHALIE.

Sans doute, vous avez dû plaire
A l'objet d'un si tendre amour ?

LE CHEVALIER.

Hélas ! sans espoir de retour,
Je crains d'exciter sa colère
En lui parlant de mon amour

NATHALIE, *à part.*

L'ingrat sans doute veut lui plaire ;
Par quel ingénieux détour

Il lui déclare son amour !
Je me sens rougir de colère.

LE CHEVALIER, *à part.*

Il me semble que cet amour
A le bonheur de lui déplaire.

LA DUCHESSE , NATHALIE.

Mais un sentiment si tendre
Est toujours indiscret ;
Un seul regard le fait comprendre ;
Peut-on aimer et garder son secret ?

LE CHEVALIER.

Dans un sentiment tendre
L'espoir rend indiscret ;
Mais lorsqu'on n'ose rien attendre ,
On peut aimer et garder son secret.

LA DUCHESSE.

Du noble temps de la chevalerie
Vous étiez digne en vérité.

LE CHEVALIER.

Du noble temps de la chevalerie
Oui, j'étais digne en vérité !
Beaux jours où la fidélité,
L'amour sacré de la patrie,
Des blanches mains de la beauté
Recevaient la palme fleurie.

NATHALIE.

Vous oubliez qu'au temps de nos aïeux
On punissait le parjure odieux.

LE CHEVALIER , *à part.*

Bon! le dépit s'empare d'elle. *(haut).*

LA DUCHESSE , NATHALIE.

On punissait le parjure odieux.

LE CHEVALIER.

Eh bien ! comme eux j'aurais été fidèle.

LA DUCHESSE, *souriant.*

Vous, fidèle?

LE CHEVALIER.

Oui, fidèle ,
Si, par bonheur, ma belle
Avait eu les beaux yeux
Que j'admire en ces lieux.

ENSEMBLE.

ENSEMBLE.

LA DUCHESSE.

O doux espoir! c'en est fait, il m'adore;
Oui, ses regards ont trahi son ardeur;
En vain au roi sa valeur reste encore,
Il est à nous, je règne sur son cœur :
A nos drapeaux j'enchaîne son courage;
Du seul amour ce triomphe est l'ouvrage;
Ah! cachons-lui l'excès de mon bonheur!

LE CHEVALIER.

O doux espoir! son beau front se colore;
Elle maudit mes vœux, ma feinte ardeur;
Charmant dépit, colère que j'adore,
Vous m'apprenez le secret de son cœur.
Mais c'est en vain que son courroux m'outrage;
D'un cœur jaloux elle éprouve la rage;
Ah! cachons-lui l'excès de mon bonheur!

NATHALIE.

Ah! c'en est fait plus d'espoir, il l'adore;
Ses doux regards ont trahi son ardeur;
Hélas! du moins que le perfide ignore
Le mal affreux qui déchire mon cœur.
Dépit, fierté, soutenez mon courage,
Que le dédain venge seul mon outrage;
A tous les yeux dérobons ma douleur.

(Nathalie sort.)

SCÈNE VII.

LES PRÉCÉDENS, GRIGNAC, *amené par un valet de chambre.*

GRIGNAC, *du fond du théâtre.*

C'est Grignac qui se rend aux ordres de son altesse.

LE DUCHESSE.

Ah! oui, je m'en souviens, je l'ai fait demander. *(Au chevalier qui se retire.)* Monsieur le chevalier, n'oubliez pas l'heure du bal, je vous réserve ma première contre-danse.

LE CHEVALIER.

Ah! madame, tant d'honneur ne saurait s'oublier.

(Il baise la main que la princesse lui présente et sort.)

SCÈNE VIII.

LA DUCHESSE, GRIGNAC.

LA DUCHESSE.

Approche. On dit que ton patron dispose à son gré de toutes les maîtrises de la ville; que toi-même fais marcher, crier les ouvriers comme tu le veux. Eh bien! il faut les réunir, les animer contre les frondeurs engourdis; enfin, faire un mouvement populaire qui intimide un peu messieurs du parlement.

GRIGNAC.

Ah! mon Dieu! rien n'est si facile, madame, avec un peu d'argent et beaucoup de vin......

LA DUCHESSE.

De l'argent! mais c'est pour en avoir, et non pour en donner, que nous voulons une émeute.

GRIGNAC.

Madame la duchesse doit bien savoir que l'ouvrier ne se dérange pas de son travail pour rien. Il lui faut d'abord le pain de sa journée; ensuite, il criera à bas Mazarin! au diable la fronde! la duchesse de Longueville!... et non, je me trompe, c'est la cour que je veux dire; enfin, il criera tout ce qu'on voudra.

LA DUCHESSE.

Va, promets de l'argent, des places à tout le monde; si le parti triomphe, réchauffe les esprits, et reviens dans peu me rendre compte de tes démarches.

GRIGNAC.

Madame la duchesse connaît mon zèle, ce n'est pas l'intérêt qui me guide; mais son altesse m'avait promis de s'intéresser... pour moi... auprès de Mariette.

LA DUCHESSE.

Sois tranquille, elle sera ta femme, et je la doterai.

GRIGNAC.

Oh! grande princesse!... voilà qui vous répond de ma

reconnaissance. Dans une heure, toute la ville sera boule-
versée... Ah ! c'est que je ne suis pas ingrat, moi.

LA DUCHESSE.

Fort bien, mais ne va pas te tromper de cri.

GRIGNAC.

Oh ! que non ! je leur dirai : Criez la fronde ou la mort !..

(Les portes se ferment, on illumine.)

SCÈNE IX.

LA DUCHESSE, LE DUC DE LA ROCHEFOUCAULT.

LE DUC.

Ah ! madame, l'affreuse nouvelle dont nous voulions
encore douter est vraie, le maréchal de la Meilleraye vient
de se déshonorer.

LA DUCHESSE.

Quoi ! malgré les lois de la guerre, il aurait mis en jugement le colonel Raymond !

LE DUC.

Plus encore, il l'a fait condamner comme rebelle.

LA DUCHESSE.

Quelle horreur !...

LE DUC.

Un paysan, qui arrive à l'instant du quartier-général
ennemi, a vu les préparatifs du supplice.

LA DUCHESSE.

C'est une action infâme, atroce... mais, puisque le malheur veut qu'elle soit accomplie, il faut s'en servir pour
faire prendre les armes aux bourgeois, à la populace ; tous
voudront venger la mort de leur compatriote. Les gens du
roi ne pourront tenir contre une fureur si légitime ; ils
lèveront le siége.

LE DUC.

Mais, avant de se venger les armes à la main, le parlement, le peuple, exigent une autre réparation. Ils ont un
prisonnier du même grade que celui qui vient d'être tué

juridiquement par les ennemis, et, forts du droit de représailles, le parlement et le peuple demandent la mort du chevalier de Canolle.

LA DUCHESSE.

Oh! ciel! comment le soustraire à cette horrible vengeance? N'est-il pas un moyen de traiter avec la cour?

LE DUC.

Les dernières propositions des jurats et du parlement ont été rejetées par le cardinal. Il ne reconnaît pour chefs de la fronde que les princes de la maison de Condé, et, comme ils ne sont pas libres, vous seule pouvez traiter en leur nom.

LA DUCHESSE.

Mais le dois-je? est-ce au moment où tout nous répond du succès qu'il faut abandonner la cause?

LE DUC.

Non, cela est impossible! l'affaire du chevalier de Canolle est un de ces malheurs inévitables dans les guerres civiles.

LA DUCHESSE.

Quoi! parce qu'un parti se montre cruel, barbare, l'autre ne peut-il se montrer généreux? ce jugement, ne peut-on le différer?

LE DUC.

Le conseil de guerre est déjà assemblé.

LA DUCHESSE, *dans un grand trouble.*

Ah! mon Dieu! que faire?... et ce bal où le chevalier doit danser avec moi!.. Quelle affreuse dérision!.. une fête.... au moment où l'on décide.... Mais comment l'avertir de ce qui se passe?.. lui donner un moyen de s'échapper?

LE DUC.

Il n'en profiterait pas, madame, le chevalier est prisonnier sur parole.

SCÈNE X.

Les Précédens, NATHALIE.

NATHALIE, *vivement.*

Est-il vrai, madame, qu'un conseil de guerre juge en
ce moment le chevalier de Canolle ? mais il est innocent...
on ne peut le condamner... dites.

LE DUC.

Espérons que ce jugement lui sera favorable: plusieurs
jurats m'ont promis de s'élever contre la loi de représailles,
et, si l'armée et le peuple restent tranquilles, il ne sera pas
condamné.

LA DUCHESSE, *à part.*

Si le peuple reste tranquille... Oh! mon Dieu! qu'ai-je
fait? *(Haut.)* Monsieur le duc, ordonnez que l'on coure
après cet homme qui vient de me parler, qu'on nous l'a-
mène; il a reçu des ordres qu'il faut rétracter sur-le-
champ.

(Le duc va parler à un page dans le fond du théâtre.)

NATHALIE, *à la duchesse.*

Oh! madame, votre trouble me glace d'effroi; auriez-
vous la crainte de le voir?...

LA DUCHESSE.

Non; ce meurtre est impossible, tuer un homme innocent, désarmé; non, non... vous dis-je!...

LE DUC, *du fond du théâtre.*

On arrive déjà pour le bal. J'aperçois le chevalier de
Canolle; il paraît plus enjoué que jamais. *(Se rapprochant
des dames.)* Ah! respectons sa gaîté... ne l'étouffons pas
sous des idées de mort... On doit m'instruire de moment
en moment de ce qui se passe au conseil; ayons bonne
espérance, et faites gaîment les honneurs du bal.

FINAL.

LE DUC, LA DUCHESSE, NATHALIE, *à voix basse.*

> Le voici, le voici ;
> Quelle horrible contrainte !
> Ah ! cachons-lui la crainte
> Qui nous dévore ici.

SCÈNE XI.

Le DUC, la DUCHESSE, NATHALIE, le Chevalier de CANOLLE, le COLONEL, MARIETTE, Dames et Gentilshommes, Bourgeois et Bourgeoises de Bordeaux, *ensuite* SAINT-YBAL.

(Des valets ouvrent les grandes portes du fond, qui donnent sur un jardin illuminé, où les bourgeois dansent près du riche salon où se tient la noblesse.)

CHOEUR.

> Salut à la princesse !
> Qu'ici chacun s'empresse
> A combler ses désirs ;
> Sa grâce nous convie
> A partager la vie
> Entre la gloire et les plaisirs.

LE CHEVALIER, *à la Duchesse.*

> D'une douce promesse
> Je me flatte que votre altesse
> N'a pas perdu le souvenir :
> Oui, j'en ai reçu l'assurance,
> De sa première contre-danse
> L'honneur doit seul m'appartenir.

LA DUCHESSE, *avec embarras.*

> Oui, de cette promesse
> J'ai conservé le souvenir ;
> Mais permettez que je diffère ;
(à part). On vient, je crois ; *(haut)* plus tard, j'espère.

LE CHEVALIER.

> Soit, je m'en fie à votre honneur ;
> A ce désir sans peine on doit se rendre.
> C'est jouir deux fois d'un bonheur
> Que d'avoir à l'attendre.

LE CHOEUR, *on danse.*

Salut à la princesse, etc. , etc.

SAINT-YBAL, *bas au Duc.*

La ville est en rumeur,
Le conseil délibère ;
Des soldats la colère
Réclame un acte de rigueur.

GRIGNAC, *en même temps, bas à la Princesse et à Nathalie.*

La ville est en rumeur ;
Oh ! j'ai bien fait l'affaire :
Tout le peuple en colère
Réclame un acte de rigueur.

LE DUC, LA DUCHESSE, NATHALIE.

Juste ciel ! quel malheur !

LA DUCHESSE, *à Grignac.*

Va, cours apaiser leur fureur.

LE CHEVALIER, *gaîment.*

Le plaisir nous réclame ;
Chantons, amusons-nous.
De la main d'une dame,
Messieurs, emparez-vous.
Que l'orchestre en cadence
Guide vos pas légers ;
Dans la joie et la danse
Oublions nos dangers.

LE CHŒUR.

Le plaisir nous réclame , etc.

ENSEMBLE.

LA DUCHESSE ; LE DUC , NATHALIE.

(à part).

(haut).

(à part).

Le plaisir nous réclame ;
Chantons, amusons nous ;
Cette vengeance infâme,
Dieu, la permettrez-vous ?
Que l'orchestre en cadence
Guide vos pas légers.
Oh ! mon cœur sans défense
Est tout à ses dangers.

LE DUC.

Ah ! mon ame d'avance
Frémit sur ses dangers.

LE CHEVALIER.

Du beau pays d'Espagne
Ecoutez la chanson.

TOUS.

Du beau pays d'Espagne
Ecoutons la chanson.

*(Tous se rapprochent pour écouter, Mariette et les Bourgeoises entrent
par le Jardin, le Chevalier prend une mandoline et des castagnettes qui
sont sur une console.)*

LE CHEVALIER.

Que chacun m'accompagne
Et dise à l'unisson :

BOLÉRO.

Au bruit des castagnettes
Accourez, bergerettes,
Et vous, noble hidalgo,
Pendant nos chansonnettes,
Dansez le fandango.

Couplet.

Une jeune Andalouse
De sa vertu jalouse
Aimait un bachelier ;
C'était s'humilier.
Il la presse, il soupire,
    Aye, aye, aye.
Il obtient un sourire ;
    Aye, aye, aye.
Elle veut rester sage et connaître l'amour :
On ne voit pas ensemble et la nuit et le jour.

LE CHOEUR.

Au bruit des castagnettes
Accourez, bergerettes,
Et vous, noble hidalgo,
Pendant nos chansonnettes,
Dansez le fandango.

*(Pendant la ritournelle, Saint-Ybal et Grignac viennent l'un près du
Duc, et l'autre près de la Duchesse.)*

SAINT-YBAL *au Duc, et Mariette à la Duchesse.*

Le peuple se rassemble !
Entendez-vous ces cris ?

NATHALIE, LE DUC, LA DUCHESSE.

Hélas ! pour lui je tremble !

LE DUC *à* SAINT-YBAL.

Que la garde s'assemble ;
Craignez d'être surpris. *(Il sort.)*

LE CHEVALIER.

A mon mari, dit-elle,
Je veux rester fidèle,
Et garder son amour.
Ah! dit l'autre à son tour,
Il faut choisir, ma belle,
Aye, aye, aye,
D'être heureuse où fidèle,
Aye, aye, aye.

Vous voulez rester sage et connaître l'amour;
On ne voit pas ensemble et la nuit et le jour.

LE CHŒUR.

Vous voulez rester sage, etc., etc.

(*Pendant les derniers mots du refrain, Mariette s'approche de la Duchesse et de Nathalie, leur parle à l'oreille; Saint-Ybal parle de même au Duc de la Rochefoucault.*)

LA DUCHESSE à MARIETTE.

Grand Dieu! t'ai-je bien entendue?

MARIETTE, *pleurant.*

Oui, c'en est fait, la sentence est rendue!

SAINT-YBAL, *au Duc.*

Oui, c'en est fait, la sentence est rendue!

LA DUCHESSE, LE DUC, NATHALIE.

Quel est son sort?

SAINT-YBAL, MARIETTE.

La mort.

NATHALIE, *à part.*

La mort!

TOUS.

La mort!

LE CHEVALIER, *dansant.*

Au bruit des castagnettes
Accourez, bergerettes.

(*S'apercevant de la tristesse des autres*).

Eh bien! que faites vous ainsi?
Dois-je danser tout seul ici?
Ah! c'est se fatiguer trop vite,
Lorsqu'au plaisir tout nous invite.

LE CHŒUR, *à voix basse.*

La mort! la mort!
Ah! cachons-lui son triste sort.

(*Pendant ce temps Saint-Ybal et Grignac paraissent répondre aux questions que les invités leur adressent.*)

LA DUCHESSE, NATHALIE, LE DUC, SAINT-YBAL, GRIGNAC,

MARIETTE.

ENSEMBLE.

De moi l'effroi s'empare,
Oui ma raison s'égare ;
Sous cet arrêt barbare
Faut-il le voir périr?
O fatale sentence,
Contre un peuple en démence,
Qui demande vengeance,
Volons le secourir!

LE CHEVALIER.

Mais quelle humeur bizarre,
Ici d'eux tous s'empare?
Oui, leur raison s'égare :
Je n'en puis revenir.
Ils parlent de vengeance,
De malheur, de sentence :
Ils sont tous en démence
Ah ! j'en ris à mourir.

CHOEUR.

De nous l'effroi s'empare ;
Notre raison s'égare,
Sous cet arrêt barbare
Faut-il le voir périr?
O fatale sentence !
Contre un peuple en démence,
Qui demande vengeance,
Comment le secourir ?

(*On entend le peuple crier* Vengeance! *Pendant les dernières mesures du final, on voit entrer les gardes du conseil et le magistrat porteur de la sentence. En l'apercevant Saint-Ybal court se jeter dans les bras du Chevalier, le Duc se cache le visage dans ses mains ; Nathalie s'évanouit dans les bras de Mariette ; la Duchesse s'enfuit précipitamment en faisant signe à Grignac de la suivre, le Chevalier se trouble. — La toile tombe.*)

FIN DU DEUXIÈME ACTE.

ACTE III.

SCÈNE PREMIÈRE.

(Le théâtre représente une salle base du château du gouvernement.)

LE CHEVALIER , SAINT-YBAL , LE COLONEL DE LA BASTIDE , SOLDATS.

LE CHEVALIER.

Je vous remercie, messieurs, ma foi! sans vous, sans votre courageuse résistance, ces factieux allaient m'écharper; en vérité, vos Bordelais ont bien peu de patience! on leur tue un colonel, ils se vengent sur moi; rien de si simple, c'est le droit de représailles; ils ont toute raison de demander ma tête, mais encore faut-il qu'elle tombe convenablement.

SAINT-YBAL.

Non, ce jugement cruel ne peut s'accomplir, et si l'on parvient à calmer le peuple...

LE COLONEL.

Le commandant, les jurats l'ont vainement tenté ; la paix ou la vengeance, voilà le cri des factieux; mais monsieur est en sûreté ici; les troupes qui entourent le château sauront le défendre.

LE CHEVALIER.

Oui, je n'ai plus à craindre que la justice et la mort.

SAINT-YBAL.

Ah! j'espère encore, la cour voulait traiter... si l'on pouvait parvenir jusqu'au cardinal... mais les révoltés gardent toutes les issues.

LE CHEVALIER.

Ma foi, mes amis, je vous plains, je ne vois pas trop comment vous me tirerez de là.

LE COLONEL.

Encore, si nous avions du temps! mais une heure!

LE CHEVALIER.

Quoi ! il ne m'est accordé qu'une heure pour me préparer! ce n'est pas trop, vu l'importance du voyage.

SAINT-YBAL.

Profitons-en du moins pour le sauver. Le duc de la Rochefoucault rassemble nos troupes pour contenir le peuple; j'ai voulu parler à la duchesse, l'engager à demander un sursis ; je n'ai pu la voir, elle est renfermée chez elle, elle a donné l'ordre de n'y laisser entrer personne ; mais, s'il faut une victime, enfin! n'y a-t-il pas d'autre prisonnier? pourquoi le sort ne déciderait-il pas?

LE CHEVALIER.

Non, gardez-vous de le proposer : personne, ou moi seul.

SAINT-YBAL *au colonel.*

Venez, le temps presse, il faut agir.

LE CHEVALIER à *Saint-Ybal en lui serrant la main.*

Généreux ami, c'est dommage qu'on me laisse si peu d'instans pour vous témoigner ma reconnaissance.

SCÈNE II.

LE CHEVALIER *seul.*

Singulière destinée!.. moi, qui, hors les combats, n'ai jamais fait de mal à personne, dont la gaîté n'a pas même à se reprocher une plaisanterie méchante, voir tout un peuple acharné à ma vie! demander à grands cris ma tête, et l'obtenir de la complaisance d'un tribunal!.... Ah! pourquoi n'ai-je pas succombé sous cette grêle de balles et de boulets qui renversait tous mes camarades?.. c'était la mort comme aujourd'hui, mais j'aurais mieux aimé la recevoir de la main d'un brave... Encore si cette mort inspirait quelque pitié à la femme que j'aime... mais non, aucune preuve d'intérêt... nul souvenir de la part de Nathalie.. Ah! voilà le plus grand... le seul malheur qui m'accable!

4

ROMANCE.

1er COUPLET.

En vain d'une douce pitié
J'osais conserver l'espérance ;
D'elle aussi je suis oublié ;
Voilà ma plus vive souffrance.
   Elle rit de mon sort ;
   Que m'importe la mort ?
Aux yeux d'une foule asservie ,
Je me rends calme, désarmé.
Hélas ! pour regretter la vie
   Il faut se croire aimé.

2me COUPLET.

Quant mon cœur rêvait son amour ,
Ô que la vie avait de charmes !
Mais ses yeux à mon dernier jour
Ne vont pas donner une larme :
   Elle rit de mon sort ;
   Que m'importe la mort ?
Aux yeux d'une foule asservie ,
Je me rends calme, désarmé.
Hélas ! pour regretter la vie
   Il faut se croire aimé.

(Il s'assied près d'une table et prend une plume.)

Écrivons quelques mots d'adieux à mes pauvres amis. J'y
vois à peine... une nuit passée à se battre, une autre à danser... c'est fatigant... mes yeux s'appesantissent... ah ! si...
je... pouvais... dor... mir....

                   (Il s'endort.)

SCÈNE III.

NATHALIE, SAINT-YBAL, MARIETTE, *portant un
manteau et un chapeau avec la gance et le plumet des frondeurs*, DEUX SOLDATS.

TRIO A VOIX BASSE.

ENSEMBLE.

Parlons bas, parlons bas !
Quand sur lui la mort veille,
Le malheureux sommeille ;
Ne le réveillons pas.

NATHALIE, *aux soldats.*

Amis, je me confie
A vos soins courageux ;
Il y va de la vie
D'un homme généreux.

MARIETTE.

Que votre cœur se fie
A leurs soins courageux ;
Dites, que faut-il faire ?

SAINT-YBAL.

Ecouter et se taire.

MARIETTE.

J'écoute et ne dis rien.

NATHALIE.

Ecoutez bien.

TOUS.

Ecoutons bien !

NATHALIE, *aux soldats.*

Quant les cloches voisines
Sonneront les mantines,
Sous ces murs rendez-vous.

LES SOLDATS.

Nous y serons, comptez sur nous.

NATHALIE.

D'abord vers la caserne,
Pour le soustraire aux yeux
De nos soldats joyeux,
De la haute poterne
Eteignez la lanterne.

LES SOLDATS, SAINT-YBAL, MARIETTE.

Fort bien, fort bien !
Noublions
Noubliez } rien :
De la haute poterne
Eteindre la lanterne.

NATHALIE.

Au signal convenu,
Bientôt un inconnu
Traversera la place.
Suivez tous deux sa trace,
Franchissez le sommet
Des remparts de la ville,
Puis d'un pas plus tranquille
Guidez-le vers l'asile
Qu'un ami lui promet :
S'il rencontre la ronde,
Criez vive la fronde ;
Et montrez son plumet.

LE CHOEUR, *répète les derniers vers.*

S'il rencontre la fronde,
etc., etc., etc.

ENSEMBLE.

Parlons bas, parlons bas !
Quant sur lui la mort veille,
Le malheureux sommeille ;
Ne le réveillons pas.

(Saint-Ybal emmène les deux soldats; Nathalie les suit jusqu'au fond du théâtre pour leur recommander encore les ordres qu'elle leur a donnés)

SCÈNE IV.

NATHALIE, LE CHEVALIER, MARIETTE.

MARIETTE *s'approche du chevalier et le considère.*

Pauvre jeune homme, si brave... si charmant!... avec quelle tranquillité il attend... la mort!

LE CHEVALIER *s'éveillant.*

Qu'entends-je? ah! c'est toi, Mariette?

MARIETTE.

Quoi! vous dormiez?

LE CHEVALIER.

D'un sommeil profond... je m'essayais.

MARIETTE.

Nous venons vous sauver.

LE CHEVALIER.

Toi, chère enfant? je reconnais bien là ton bon cœur.

MARIETTE.

Ah! je ne suis pas toute seule... et mademoiselle...

LE CHEVALIER.

Que vois-je!... Nathalie!... est-il bien vrai?

NATHALIE.

Pourquoi tant de surprise? peut-on connaître l'injuste arrêt qui vous condamne sans chercher à vous y soustraire?

LE CHEVALIER.

O charmante pitié!

NATHALIE, *vivement.*

out est prêt; quelques momens encore, et deux soldats,

gagnés par Saint-Ybal vont remplacer ceux qui veillent à cette porte.

MARIETTE.

Moi, je cours prévenir mon père, et ce maudit Grignac que je ne puis rejoindre.

SCÈNE V.

NATHALIE, LE CHEVALIER DE CANOLLE.

NATHALIE.

La maison d'un ami dévoué vous offre un asile sûr auprès de la ville ; j'ai fait apporter ici tout ce qu'il faut pour que vous ne soyez pas reconnu ; vous pouvez fuir en toute assurance.

LE CHEVALIER.

Quel intérêt touchant !.. et c'est à ce moment cruel que je le dois... en vérité, on calomnie tout jusqu'à la mort ; jamais plus vif plaisir...

NATHALIE.

Ah! quittez ce ton léger, cette indifférence pour vous-même ; obéissez à ceux qui bravent tout pour vous sauver.

LE CHEVALIER.

Hélas! je ne le puis.

NATHALIE.

Quoi, lorsque tout est prévu! que votre évasion est certaine! qui vous retient?

LE CHEVALIER.

Une puissance qui peut seule combattre la votre, l'honneur : ne suis-je pas prisonnier sur parole ?

NATHALIE.

Ah! ce serment, un jugement inique vous en relève! les cris de ces factieux vous ordonnent de leur éviter un crime; sauvez-les du remords.

DUO.

NATHALIE.

Ah ! fuyez, fuyez de ces lieux !
D'un peuple furieux
Ne bravez pas la rage ;
Dédaignez un affreux courage.

LE CHEVALIER.

Non, je ne puis quitter ces lieux;
D'un peuple furieux
Je braverai la rage ;
Vos pleurs m'en donnent le courage.

NATHALIE, *montrant le manteau et le plumet.*

A la faveur de ce manteau,
Du plumet rouge des rebelles,
Trompant le guet, les sentinelles,
Vous franchirez les portes du château.

LE CHEVALIER.

Tant de pitié, de zèle,
D'un espoir enchanteur
Font palpiter mon cœur.

NATHALIE, *écoutant.*

Ah ! tout redouble ma terreur ;
Fuyez, la mort la plus cruelle
Vous attend.

LE CHEVALIER, *la regardant d'un air tendre.*

Qu'elle est belle !
Ah ! quel regard plein de douceur!

NATHALIE.

Fuyez, fuyez.

LE CHEVALIER.

Non, à l'honneur
Je dois rester fidèle.

NATHALIE, *à part.*

O désespoir ! fatal honneur !

ENSEMBLE.

NATHALIE.	LE CHEVALIER.
Ah ! si je vous suis chère,	Non, d'une voix sichère
Évitez leur colère ;	Je brave la prière;
D'une loi trop sévère	Mais de la loi sévère
Affrontez le pouvoir ;	Je connais le pouvoir ;
La fureur les anime ;	En vain le sort m'opprime,
Montrez-vous magnanime ;	En vain l'amour m'anime ;
Epargnez-leur un crime ;	Non, fuir serait un crime ;
Voilà votre devoir.	J'obéis au devoir.

NATHALIE *à part.*

Son danger seul m'anime ;
Pour lui plus de secret ;
(Haut.) Apprenez tout... De ce fatal arrêt
Ah ! vous n'êtes pas seul victime.

LE CHEVALIER.

Ciel ! qu'entends-je ! ce dernier jour
Serait-il donc le plus beau de ma vie ! ! !

NATHALIE.

Oui, c'est l'amour, c'est le plus tendre amour
Qui vous parle, qui vous supplie ;
De votre sort dépend ma vie.

NATHALIE.

O trop funeste jour !
Partagez mes alarmes ;
Rendez-vous à mes larmes ;
Ah ! cédez à l'amour.

LE CHEVALIER.

O trop fortuné jour !
Aveu rempli de charmes !
Ces prières, ces larmes,
Je les dois à l'amour.

ENSEMBLE.

LE CHEVALIER.

Est-il bien vrai ? bonheur suprême !
J'étais cher à ce noble cœur !

NATHALIE.

Prenez pitié de ma douleur ;
Partez, sauvez celui que j'aime.

(On entend les cloches de la ville.)

NATHALIE.

Entendez-vous ces sons funèbres ?
Le jour remplace les ténèbres ;
Ici les juges, les soldats,
Vos bourreaux vont porter leurs pas ;
Partez, ne les attendez pas.
Mais non, un vain serment le lie,
Martyr de l'honneur,
Il renonce au bonheur.
Il veut aussi la mort de Nathalie.

LE CHEVALIER.

En vain j'entends ces sons funèbres,
Ils m'appellent dans les ténèbres ;
En vain les juges, les soldats
Ici portent déjà leurs pas ;
Ma joie affronte le trépas.
Fidèle au serment qui me lie,
Martyr de l'honneur,
Énivré de bonheur,
Je vais mourir digne de Nathalie.

ENSEMBLE.

(56)

(La porte s'ouvre, des soldats paraissent, on entend une marche funèbre, des tambours voilés.)

NATHALIE, *avec désespoir.*

Oh ! ciel !... il n'est plus temps !

LE CHEVALIER, *lui prenant la main.*

Courage, mon amie.

SCÈNE VI.

LES PRÉCÉDENS, LE DUC DE LA ROCHEFOUCAULT, *suivi a* son état-major, M. NÉRAC, *accompagné des jurats de* la ville, LES CHEFS DU CONSEIL DE GUERRE, LE PRÉSIDENT DU PARLEMENT, SAINT-YBAL, LE COLONEL, DE LA BASTIDE, MARIETTE, SOLDATS, BORDELAIS, BORDELAISES.

CHOEUR.

FEMMES.

Fatale destinée !
Victime abandonnée,
A périr condamnée,
Nous pleurons sur ton sort.
Le ciel n'est pas complice
De cet affreux suplice !
Et bientôt la justice
Saura venger ta mort.

HOMMES.

Fatale destinée !
Victime abandonnée,
A périr condamnée,
Nous déplorons ton sort ;
Mais le ciel est complice,
La loi veut ton supplice ;
Le peuple et la justice
Ont demandé ta mort.

LE CHEVALIER à *Saint-Ybal, au Colonel.*

O vous, dont j'aime les alarmes,
Venez, de votre ami recevez les adieux :
Il n'a pas mérité ce supplice odieux ;
Il succombe innocent ; amis, séchez vos larmes ;
Mais, éclairés par mon cruel destin,
Jurez ici, jurez de mettre fin
A ces affreux combats qui déchirent la France ;
Que j'emporte en mourant cette douce espérance !

SAINT-YBAL , LE COLONEL.

Je déserte un parti qui devient assassin ;
 Jurons, jurons de mettre fin
A ces affreux combats qui déchirent la France ;
Qu'il emporte en mourant cette douce espérance !

SCÈNE DERNIÈRE.

LES PRÉCÉDENS, DEUX FRÈRES QUÊTEURS.

LE PEUPLE.

Arrêtez , arrêtez , ce sont des malfaiteurs.

GRIGNAC, *en frère quêteur.*

Messieurs , prenez pitié de deux frères quêteurs.

LE PEUPLE.

Non , point de grâce aux espions de la reine.

LE DUC DE LA ROCHEFOUCAULT.

Qu'entends-je ? des espions ! Gardes , qu'on les amène.

LE COLONEL, *conduisant les deux frères quêteurs.*
 Les voici , monseigneur :
 L'un d'eux était porteur
De ces papiers sans nulle adresse.

LE CHOEUR.

A les punir que l'on s'empresse.

LE DUC , *après avoir décacheté les papiers.*

Que vois-je ! O ciel !... tout nous est accordé.

LA DUCHESSE , *jetant son capuchon en arrière.*
 Et la paix est conclue.

TOUS.

La princesse ! ô joie imprévue !

LA DUCHESSE.

Oui , ce noble projet, le ciel l'a secondé !
 De cet habit saint revêtue ,
 Jusqu'à la reine parvenue ,
A ma puissante voix sa colère a cédé ,
Aux fureurs des partis la paix a succédé.

NATHALIE.

Ah ! madame.

LE CHEVALIER.

 A la sœur du grand Condé
 Tant de gloire était due.

5

CHŒUR FINAL.

Vive la paix !
Que désormais,
Entre Français,
Toute colère soit tarie !
Qu'à jamais revenus
De combats superflus,
Ils ne se battent plus
Que pour la gloire et la patrie !

FIN.

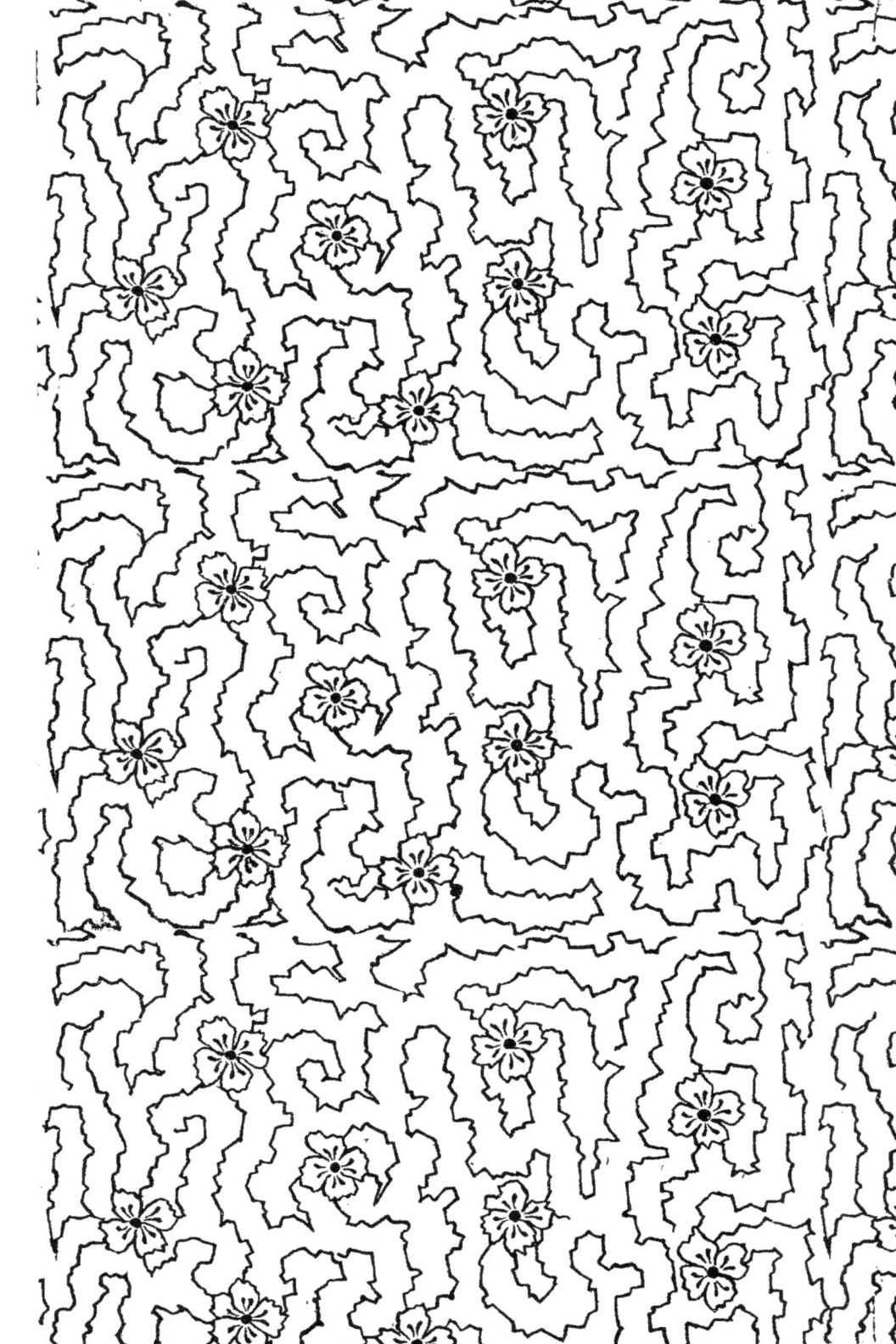

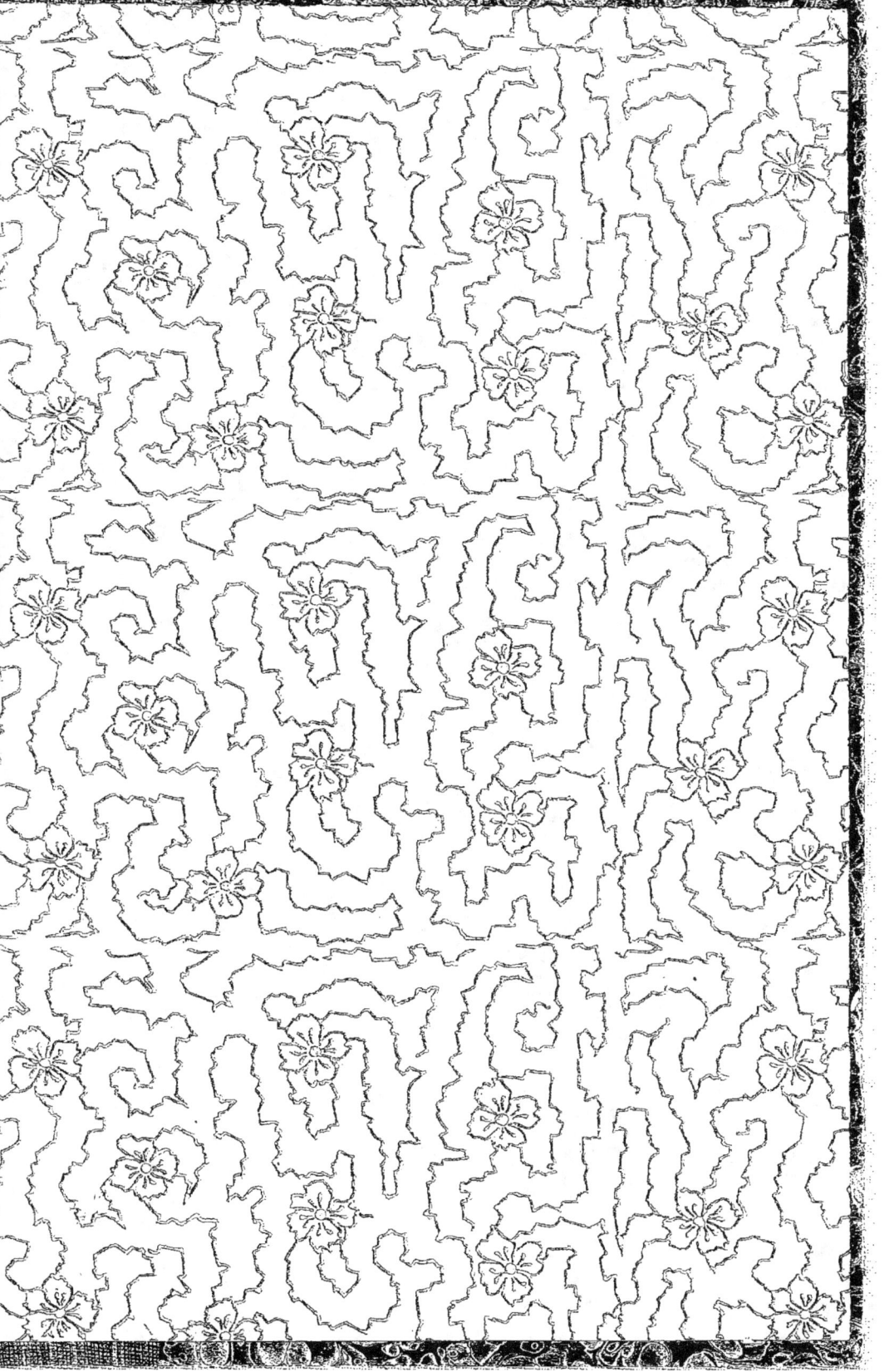

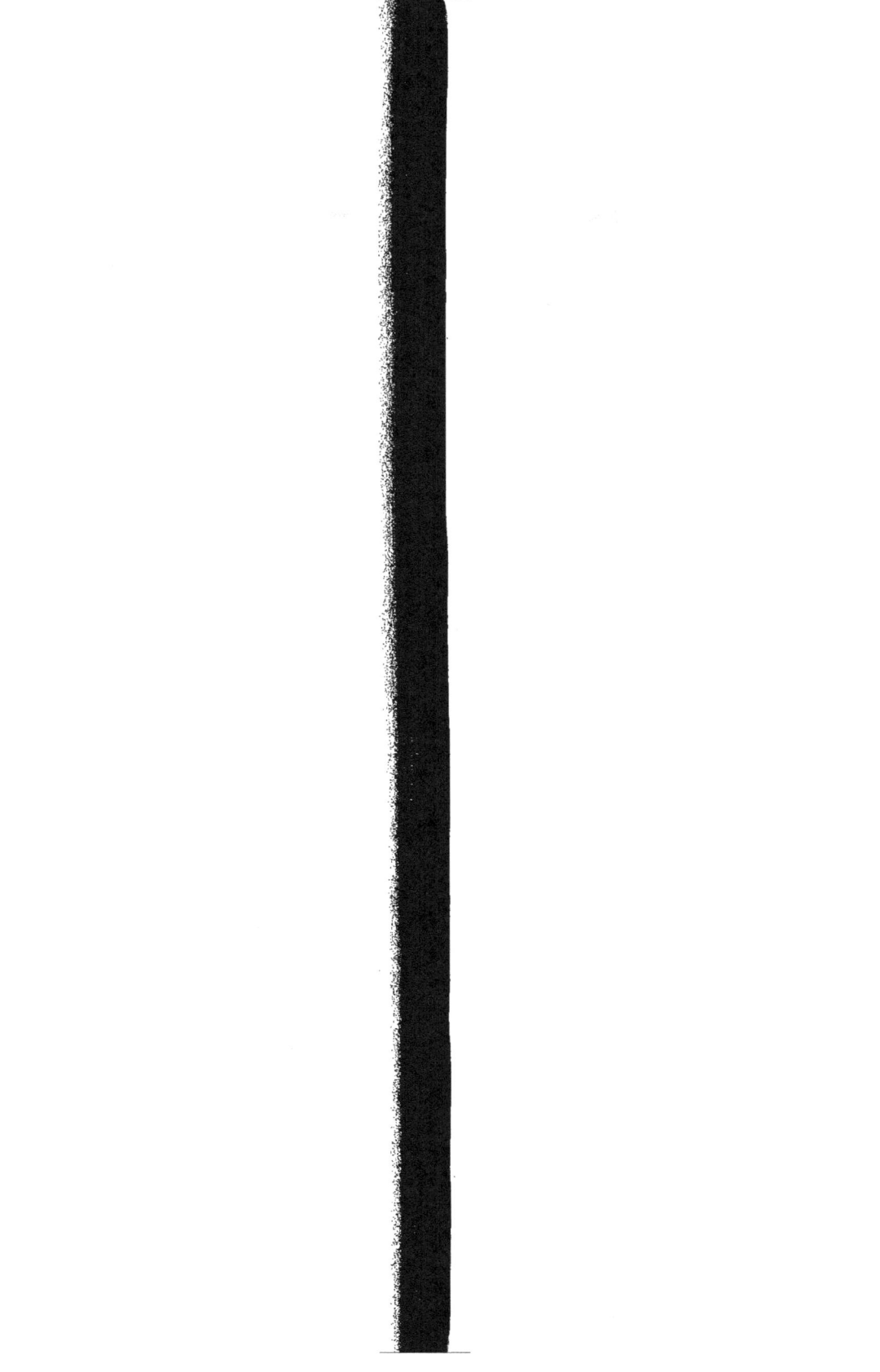